EIN VERRÄTER IN WASHINGTON

Lady S.

BAND 5:

EIN VERRÄTER IN WASHINGTON

Zeichnungen & Farbe
Philippe Aymond

Szenario
Jean Van Hamme

Originaltitel: Lady S. — Un taupe à Washington

Aus dem Französischen von Marcel Le Comte
Chefredaktion: Georg F.W. Tempel
Herausgeber: Klaus D. Schleiter

Druck: Druckhaus Humburg GmbH, Am Hilgeskamp 51-57, Bremen

Lady S. — Un taupe à Washington
© DUPUIS 2008, by Van Hamme, Aymond
www.dupuis.com
All rights reserved

Für die deutschsprachige Ausgabe:
© 2010 MOSAIK Steinchen für Steinchen Verlag + PROCOM Werbeagentur GmbH
Lindenallee 5, 14050 Berlin.

www.zack-magazin.com

ISBN: 978-3-941815-60-5

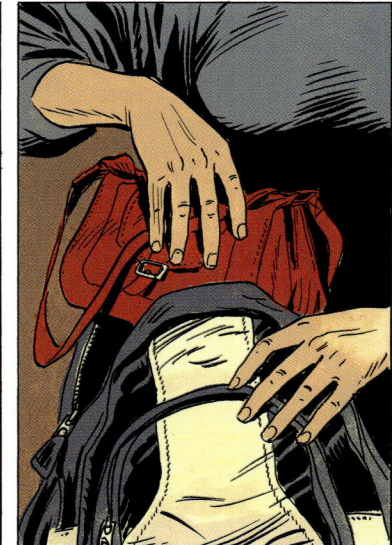

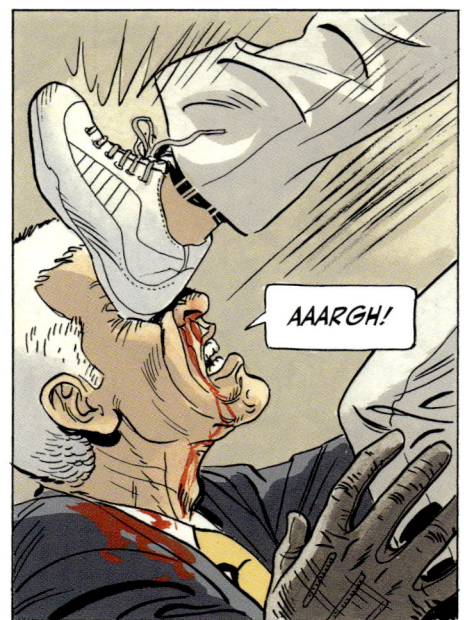

PHILIP BARNES?! WIE ...?!

RALPH ELLINGTON IST EIN ALTER FREUND. UNTER DEM SIEGEL DER VERSCHWIEGENHEIT HAT ER MICH GEBETEN, SIE AUSSERHALB VON WASHINGTON IN SICHERHEIT ZU BRINGEN.

EIN GRAUER NISSAN 4X4, KENNZEICHEN BX-4749 AUS WASHINGTON DC.

KEIN EMPFANG, HM ...?

NA LOS ... WACH SCHON AUF ...!

VUIII VUIIII
SPRING AN ... NA LOS, SPRING AN ...
ICH DENKE, MAN BRAUCHT EINEN CODE, UM IHN ZU STARTEN.
AAAH!
WAS IST HIER LOS? WER SIND SIE?
AH, DA IST JA DER TROTTEL. HIERHER, BARNES, WENN DU NICHT WILLST, DASS ICH DEINE FREUNDIN ERSCHIESSE.
RÜCK RÜBER, FITZROY, BARNES WIRD FAHREN.
ABER ... WOHIN? ... UND WARUM ...?
WEIL DU DIR DEIN HANDY HAST KLAUEN LASSEN UND DEINE KLEINE FREUNDIN DAS LANDHAUS GERADE DEN BULLEN VERKLICKERT HAT. DESHALB, ARSCHLOCH!
HABEN SIE VERSUCHT, SIE BEI ELLINGTON ZU TÖTEN?
JEPP. UND DU BIST DER IDIOT, DER VERHINDERT HAT, DASS ICH ES ZU ENDE BRINGE.
DAS UND DEINE DUMMHEIT VON HEUTE NACHT HABEN DICH INS LAGER DER VERLIERER WECHSELN LASSEN, BARNES.
TW/31

— SENATOR GLOVER MÖCHTE SIE SPRECHEN, MRS. PRESIDENT.

— DER SCHAKAL KOMMT SEINE BEUTE BESCHNUPPERN, WAS? SAGEN SIE IHM, DASS ICH IHN HEUTE NACHMITTAG EMPFANGEN WERDE.

— ER IST SCHON AUF DEM FLUR.

— SCHEISSE ... GUT, GELEITEN SIE IHN REIN. ER HAT ZEHN MINUTEN.

— DANKE, DASS SIE MICH EMPFANGEN, DONNA. WIE GEHT ES IHNEN?

— LASSEN SIE DIE FLOSKELN UND DAS HEUCHLERISCHE SHAKEHANDS, HARRY. KOMMEN SIE ZUR SACHE.

— ALSO GUT. ICH BIN HIER, UM SIE ZU BITTEN, DAS HANDTUCH ZU WERFEN.

— AH JA. UND WARUM SOLLTE ICH DAS WOHL TUN?

— IN DER GESAMTEN GESCHICHTE DER USA HAT ES KEINEN SCHEIDENDEN PRÄSIDENTEN GEGEBEN, DER SICH DER NOMINIERUNG SEINER PARTEI VERWEIGERT HAT, UM EINE ZWEITE AMTSZEIT ANZUSTREBEN. UNTER DEN AKTUELLEN UMSTÄNDEN WÜRDEN SIE, WENN SIE DARAUF BESTÜNDEN, EINE KRÄNKUNG HINNEHMEN MÜSSEN, DIE UNSERER PARTEI DESASTRÖSE KONSEQUENZEN AUFBÜRDEN WÜRDE.

IHRE POLITISCHEN SKRUPEL EHREN SIE, SENATOR. UND WAS SOLLTE ICH ALS GRUND FÜR MEINE ENTSCHEIDUNG, DAS HANDTUCH ZU WERFEN, ANFÜHREN?
NUN, DIE LIEBE, DONNA, DIE LIEBE.
DIE IM VORGERÜCKTEN ALTER GEFUNDENE LIEBE, STÄRKER ALS DER WILLE ZUR MACHT. DAS UNWIDERSTEHLICHE VERLANGEN, VOR ALLER AUGEN EINE SCHÖNE ROMANZE MIT DEM AUSERWÄHLTEN IHRES HERZENS ZU LEBEN.
SIE HÄTTEN BESSER LIEBESROMANE SCHREIBEN SOLLEN, ALS AKTEN ÜBER GOTT UND DIE WELT ANZULEGEN, HARRY. MEINE ANTWORT IST KURZ UND BÜNDIG: SCHEREN SIE SICH ZUM TEUFEL!
AH, IMMER NOCH DIESE GEWÄHLTE AUSDRUCKSWEISE, DIE IHREN CHARME AUSMACHT, MRS. PRESIDENT. GUT, DANN EBEN ANDERS.
IHR MANDAT ENDET IN SECHS MONATEN. MEHR ALS GENUG ZEIT, UM DIE BEIDEN KAMMERN UM IHR IMPEACHMENT* ZU BITTEN.
ÖFTER MAL WAS NEUES ...
* AMTSENTHEBUNG DES PRÄSIDENTEN
UND AUS WELCHEM GRUND, WENN ICH BITTEN DARF?
WEGEN, SAGEN WIR, ENGER KOLLUSION MIT DEM VATER EINER SOWJETISCHEN SPIONIN, DER SELBER DER URKUNDENFÄLSCHUNG SCHULDIG IST, UM DIE BESAGTE SPIONIN IN UNSER LAND ZU SCHLEUSEN.
KURZ, WEGEN DER GEFÄHRDUNG DER SICHERHEIT DER NATION, DEREN SCHUTZ IHNEN OBLIEGT. ICH GEWÄHRE IHNEN EINE BEDENKZEIT UND WÜNSCHE NOCH EINEN GUTEN TAG, MRS. PRESIDENT.
PLAK
TW/33

"NIEMAND, CHEF. ABER SIE HABEN HIER ÜBERNACHTET."

"HIER HAT EIN WAGEN GEPARKT."

"WAS MAG FITZROY MIT DIESEM BARNES NUR ANSTELLEN?"

"ENTWEDER SIND SIE KOMPLIZEN, ODER EINER DER BEIDEN HAT DEN ANDEREN ALS GEISEL GENOMMEN."

"JEPP. HAST DU DIE DATEN VON BARNES' WAGEN?"

"NISSAN 4X4, KENNZEICHEN BX-4749."

"GIB ES DEM BÜRO DURCH. SIE SOLLEN HELIKOPTER SCHICKEN, IN EINEM RADIUS VON 100 MEILEN."

"HIER WIRD ES PERFEKT SEIN."

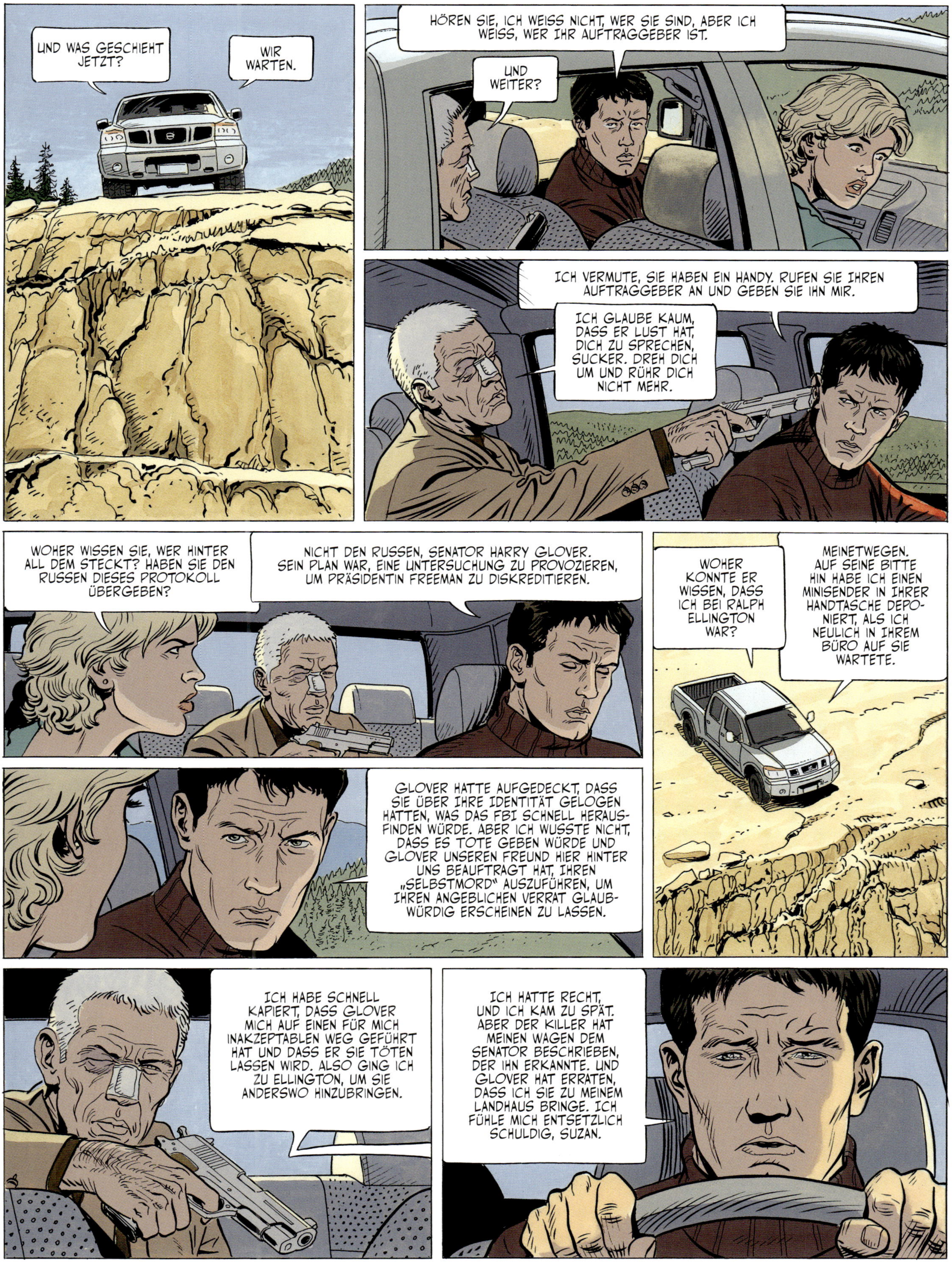
UND WAS GESCHIEHT JETZT?
WIR WARTEN.
HÖREN SIE, ICH WEISS NICHT, WER SIE SIND, ABER ICH WEISS, WER IHR AUFTRAGGEBER IST.
UND WEITER?
ICH VERMUTE, SIE HABEN EIN HANDY. RUFEN SIE IHREN AUFTRAGGEBER AN UND GEBEN SIE IHN MIR.
ICH GLAUBE KAUM, DASS ER LUST HAT, DICH ZU SPRECHEN, SUCKER. DREH DICH UM UND RÜHR DICH NICHT MEHR.
WOHER WISSEN SIE, WER HINTER ALL DEM STECKT? HABEN SIE DEN RUSSEN DIESES PROTOKOLL ÜBERGEBEN?
NICHT DEN RUSSEN, SENATOR HARRY GLOVER. SEIN PLAN WAR, EINE UNTERSUCHUNG ZU PROVOZIEREN, UM PRÄSIDENTIN FREEMAN ZU DISKREDITIEREN.
WOHER KONNTE ER WISSEN, DASS ICH BEI RALPH ELLINGTON WAR?
MEINETWEGEN. AUF SEINE BITTE HIN HABE ICH EINEN MINISENDER IN IHRER HANDTASCHE DEPONIERT, ALS ICH NEULICH IN IHREM BÜRO AUF SIE WARTETE.
GLOVER HATTE AUFGEDECKT, DASS SIE ÜBER IHRE IDENTITÄT GELOGEN HATTEN, WAS DAS FBI SCHNELL HERAUSFINDEN WÜRDE. ABER ICH WUSSTE NICHT, DASS ES TOTE GEBEN WÜRDE UND GLOVER UNSEREN FREUND HIER HINTER UNS BEAUFTRAGT HAT, IHREN „SELBSTMORD" AUSZUFÜHREN, UM IHREN ANGEBLICHEN VERRAT GLAUBWÜRDIG ERSCHEINEN ZU LASSEN.
ICH HABE SCHNELL KAPIERT, DASS GLOVER MICH AUF EINEN FÜR MICH INAKZEPTABLEN WEG GEFÜHRT HAT UND DASS ER SIE TÖTEN LASSEN WIRD. ALSO GING ICH ZU ELLINGTON, UM SIE ANDERSWO HINZUBRINGEN.
ICH HATTE RECHT, UND ICH KAM ZU SPÄT. ABER DER KILLER HAT MEINEN WAGEN DEM SENATOR BESCHRIEBEN, DER IHN ERKANNTE. UND GLOVER HAT ERRATEN, DASS ICH SIE ZU MEINEM LANDHAUS BRINGE. ICH FÜHLE MICH ENTSETZLICH SCHULDIG, SUZAN.

TW/35

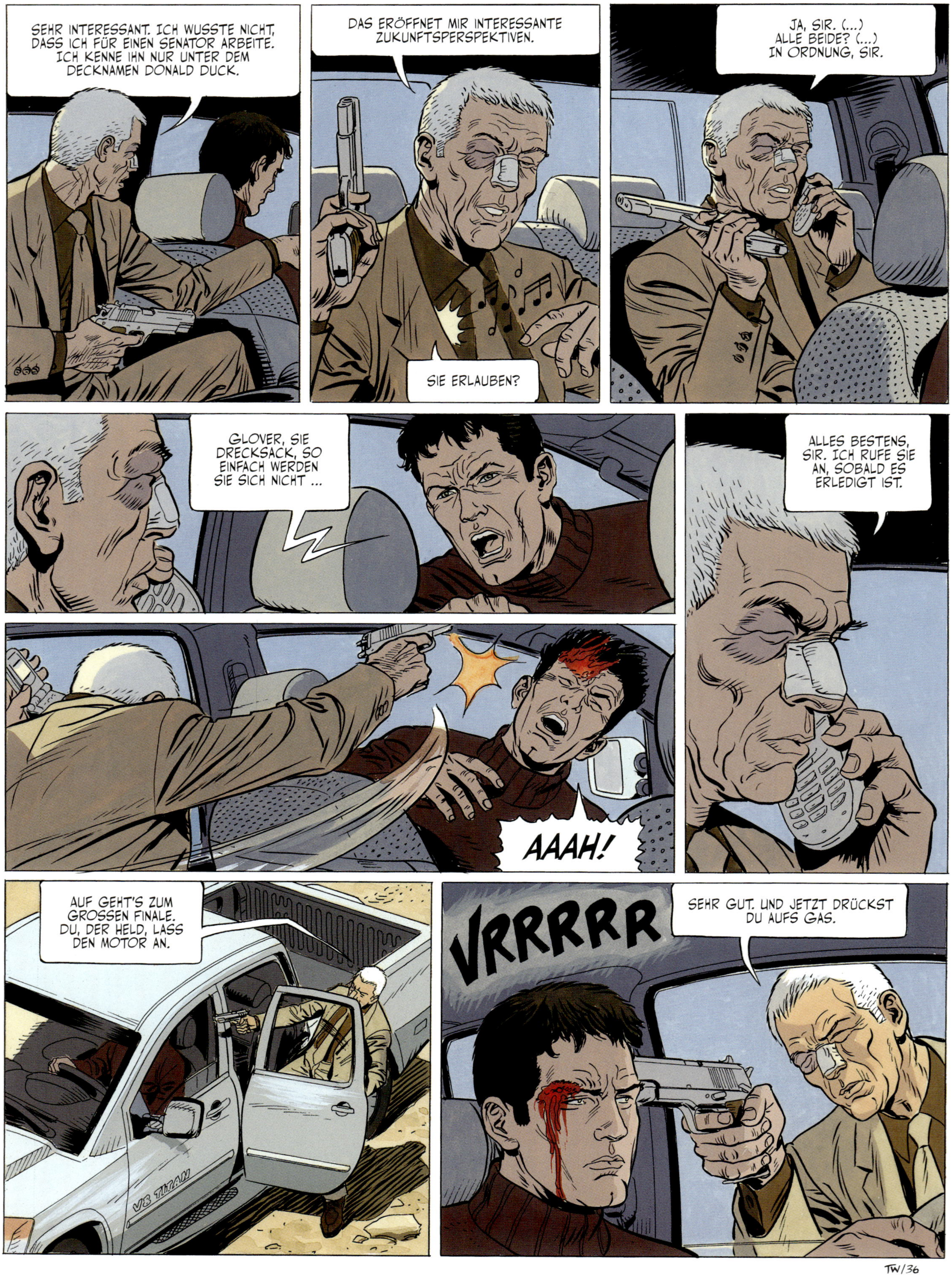
SEHR INTERESSANT. ICH WUSSTE NICHT, DASS ICH FÜR EINEN SENATOR ARBEITE. ICH KENNE IHN NUR UNTER DEM DECKNAMEN DONALD DUCK.
DAS ERÖFFNET MIR INTERESSANTE ZUKUNFTSPERSPEKTIVEN.
SIE ERLAUBEN?
JA, SIR. (...) ALLE BEIDE? (...) IN ORDNUNG, SIR.
GLOVER, SIE DRECKSACK, SO EINFACH WERDEN SIE SICH NICHT ...
ALLES BESTENS, SIR. ICH RUFE SIE AN, SOBALD ES ERLEDIGT IST.
AAAH!
AUF GEHT'S ZUM GROSSEN FINALE. DU, DER HELD, LASS DEN MOTOR AN.
V8 TITAN
VRRRRR
SEHR GUT. UND JETZT DRÜCKST DU AUFS GAS.
TW/36

FLIEHEN SIE, SUZAN! LAUFEN SIE, OHNE ANZUHALTEN!
V8 TITAN
MPFFF!
DU BIST NUR EIN ANFÄNGER, BARNES. EIN ARMER, KLEINER DUMMKOPF.
SCHEISS AUF DIE UNFALLTHESE. DU BIST MIR LANG GENUG AUF DEN SACK GEGANGEN!
TW/37

AU!

ICH SAGTE IHNEN DOCH...

VORSICHT!

HIER, DU DRECKSCHWEIN! DA HAST DU! ... UND DA! ... UND DA!

DER HAT GENUG. HAUEN WIR AB!

WIR MÜSSEN IHN MITNEHMEN UND DER POLIZEI AUSLIEFERN...

ZU GEFÄHRLICH. ZU FUSS WIRD ER NICHT WEIT KOMMEN. DAS FBI WIRD IHN LEICHT FINDEN.

IN ORDNUNG, ABER ICH GEHE ANS STEUER. SIE SIND NICHT IN DER VERFASSUNG ZU FAHREN.

VRRRR
V8 TITAN
AAAAH!
AAAAAAAH!
DAS FENSTER! MACHEN SIE DAS FENSTER HOCH!
PAW PAW PAW PAW PAW PAW
ICH SEHE NICHTS MEHR!!

TW/39

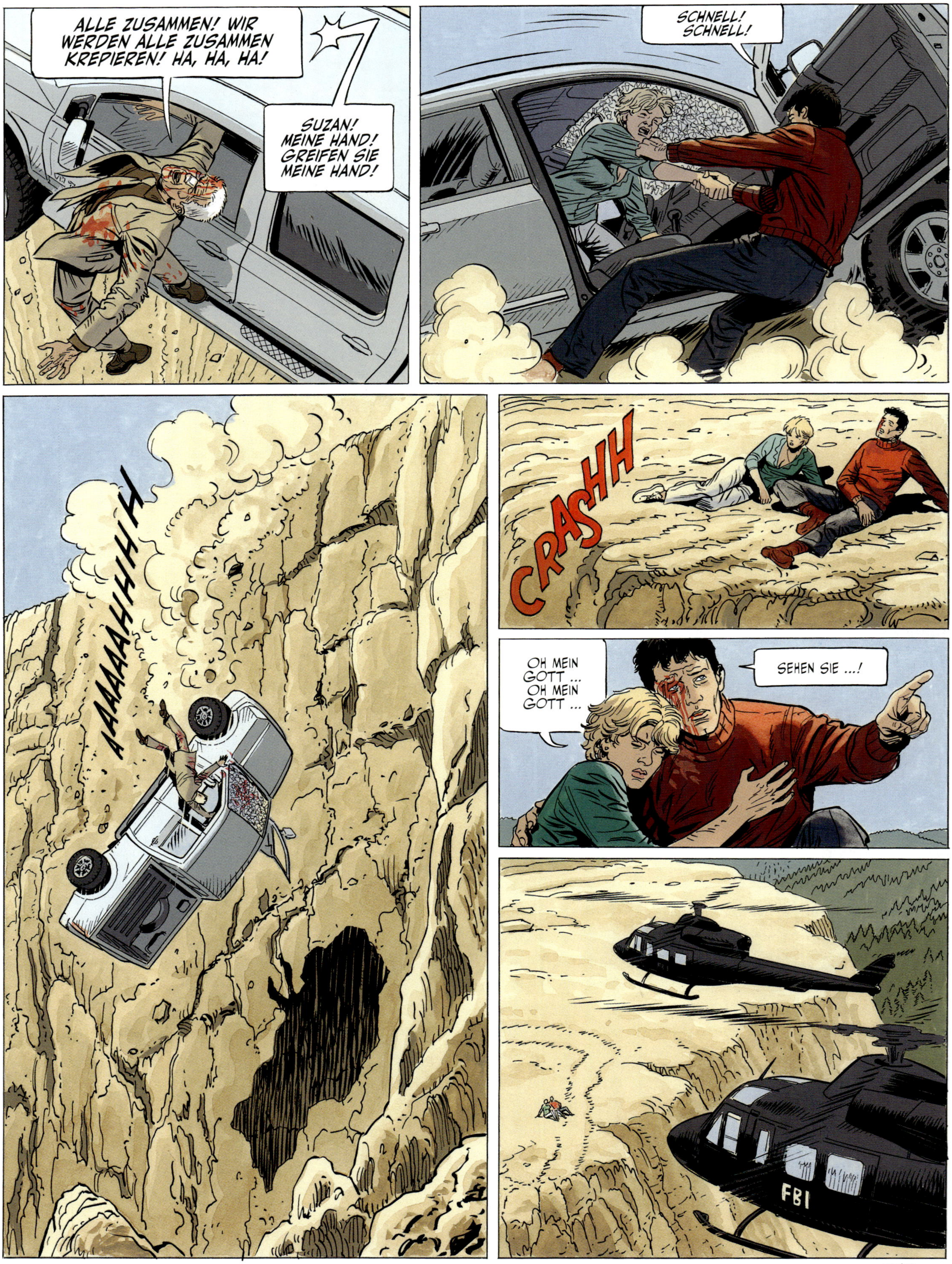
ALLE ZUSAMMEN! WIR WERDEN ALLE ZUSAMMEN KREPIEREN! HA, HA, HA!
SUZAN! MEINE HAND! GREIFEN SIE MEINE HAND!
SCHNELL! SCHNELL!
AAAAAHHHHH
CRASHH
OH MEIN GOTT ... OH MEIN GOTT ...
SEHEN SIE ...!
FBI
TW/40

Panel 1:
DER DIREKTOR DES FBI PERSÖNLICH, WELCHE EHRE! MÖCHTEN SIE MEIN FRÜHSTÜCK MIT MIR TEILEN, RONALD?

Panel 2:
NEIN DANKE, SENATOR. KÖNNTEN SIE IHR ... HRM ... MÄDCHEN BITTEN, UNS ALLEINE ZU LASSEN?

Panel 3:
SIE HABEN ES IMMER VERSTANDEN, SICH MIT QUALIFIZIERTEM PERSONAL ZU UMGEBEN, SENATOR.

DAS IST EINES DER HAUPTPRINZIPIEN DER POLITIK, RONALD. ÜBRIGENS KANN ICH IHNEN VERSICHERN, DASS SIE IHREN POSTEN BEHALTEN WERDEN, WENN ICH ERST PRÄSIDENT BIN.

Panel 4:
ICH DENKE NICHT, DASS SIE JE PRÄSIDENT WERDEN, MR. GLOVER. SAGT IHNEN DER NAME BARNEY QUILL ETWAS?

ICH DENKE NICHT, NEIN. IST ER IN DER ADMINISTRATION?

Panel 5:
EHER IN DER EXEKUTIVE. ER WAR EIN ZUM PROFIKILLER GEWORDENER EHEMALIGER MARINE. MEINEN ZEUGEN NACH SOLLEN SIE IHN BEAUFTRAGT HABEN, EINEN MEINER AGENTEN SOWIE EINEN MITARBEITER DER RUSSISCHEN BOTSCHAFT ZU ERMORDEN. UND EBENFALLS, SUZAN FITZROY ZU TÖTEN.

Panel 6:
LÄCHERLICH. WOVON REDEN SIE DA, RONALD?

TOM, LASSEN SIE FITZROY UND BARNES KOMMEN.

Panel 7:
HALLO, DONALD DUCK!

DAS IST VÖLLIG GROTESK. SIE WERDEN WOHL KAUM DAS WORT EINES SENATORS GEGEN DAS EINER SPIONIN DES FSB UND EINES KLEINEN BEAMTEN AUFWIEGEN WOLLEN, DER OFFENSICHTLICH DEREN KOMPLIZE ODER GELIEBTER IST.
WIE AUCH IMMER, SIE HABEN KEINE BEWEISE FÜR DAS, WAS SIE DA VORBRINGEN.
IRRTUM, SENATOR. SEHEN SIE DAS HIER?
DAS IST EIN HANDY. UND WEITER?
JENES VON QUILL, GEFUNDEN BEI SEINER LEICHE.
WIE SIE ZWEIFELLOS WISSEN, VERFÜGT DIESES NEUE MODELL ÜBER EINE FUNKTION, DIE ES ERLAUBT, DAS LETZTE GEFÜHRTE GESPRÄCH NOCH EINMAL ANZUHÖREN. ICH AKTIVIERE DIESE, UND ...
QUILL? DONALD DUCK. HABEN SIE SIE?
JA, SIR.
LIQUIDIEREN SIE SIE.
ALLE BEIDE?
JA. UND DASS ES WIE EIN UNFALL AUSSIEHT!
IN ORDNUNG, SIR.
ERKENNEN SIE DIE STIMME? SELBSTVERSTÄNDLICH ERSCHEINT DIE NUMMER DES ANRUFENDEN GERÄTES AUF DEM DISPLAY. UND ES IST DIE IHRE, SENATOR.
TOM? SIE KÖNNEN KOMMEN. DONALD DUCK IST GAR GERÖSTET.

TW/42

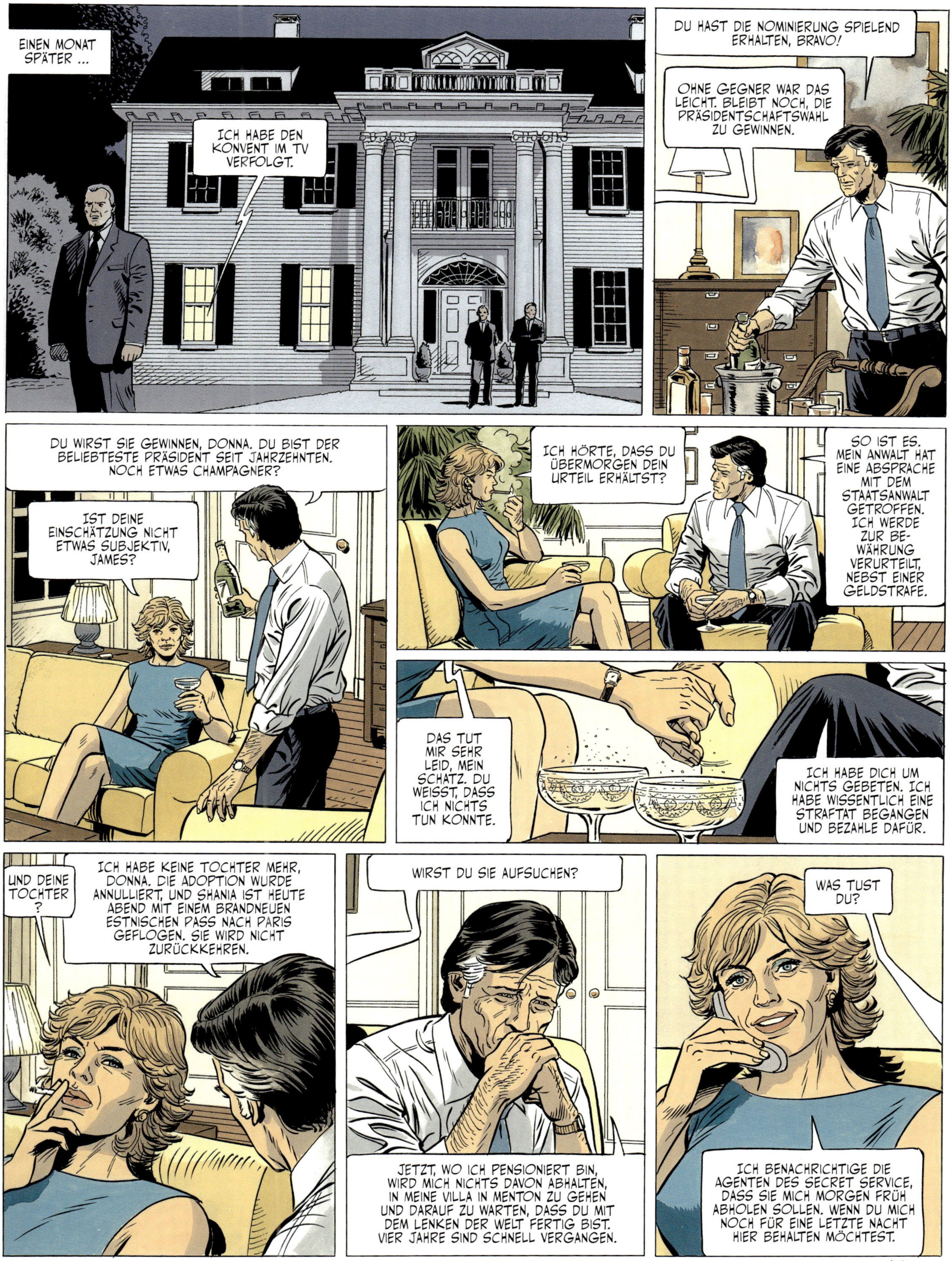
EINEN MONAT SPÄTER ...
ICH HABE DEN KONVENT IM TV VERFOLGT.
DU HAST DIE NOMINIERUNG SPIELEND ERHALTEN, BRAVO!
OHNE GEGNER WAR DAS LEICHT. BLEIBT NOCH, DIE PRÄSIDENTSCHAFTSWAHL ZU GEWINNEN.
DU WIRST SIE GEWINNEN, DONNA. DU BIST DER BELIEBTESTE PRÄSIDENT SEIT JAHRZEHNTEN. NOCH ETWAS CHAMPAGNER?
IST DEINE EINSCHÄTZUNG NICHT ETWAS SUBJEKTIV, JAMES?
ICH HÖRTE, DASS DU ÜBERMORGEN DEIN URTEIL ERHÄLTST?
SO IST ES. MEIN ANWALT HAT EINE ABSPRACHE MIT DEM STAATSANWALT GETROFFEN. ICH WERDE ZUR BEWÄHRUNG VERURTEILT, NEBST EINER GELDSTRAFE.
DAS TUT MIR SEHR LEID, MEIN SCHATZ. DU WEISST, DASS ICH NICHTS TUN KONNTE.
ICH HABE DICH UM NICHTS GEBETEN. ICH HABE WISSENTLICH EINE STRAFTAT BEGANGEN UND BEZAHLE DAFÜR.
UND DEINE TOCHTER ?
ICH HABE KEINE TOCHTER MEHR, DONNA. DIE ADOPTION WURDE ANNULLIERT, UND SHANIA IST HEUTE ABEND MIT EINEM BRANDNEUEN ESTNISCHEN PASS NACH PARIS GEFLOGEN. SIE WIRD NICHT ZURÜCKKEHREN.
WIRST DU SIE AUFSUCHEN?
JETZT, WO ICH PENSIONIERT BIN, WIRD MICH NICHTS DAVON ABHALTEN, IN MEINE VILLA IN MENTON ZU GEHEN UND DARAUF ZU WARTEN, DASS DU MIT DEM LENKEN DER WELT FERTIG BIST. VIER JAHRE SIND SCHNELL VERGANGEN.
WAS TUST DU?
ICH BENACHRICHTIGE DIE AGENTEN DES SECRET SERVICE, DASS SIE MICH MORGEN FRÜH ABHOLEN SOLLEN. WENN DU MICH NOCH FÜR EINE LETZTE NACHT HIER BEHALTEN MÖCHTEST.
TW/43

WILLKOMMEN IN PARIS-CHARLES-DE-GAULLE. ES IST 6 UHR 4, UND DIE AUSSENTEMPERATUR BETRÄGT ...
AIR FRANCE
EINEN SCHÖNEN AUFENTHALT IN PARIS, MADAM.
Arrivées
Arrivals
SHANIUSCHKA ...!
WELCOME BACK IN EUROPE, KLEINE SCHWESTER!
JEAN VAN HAMME
ENDE
PHILIPPE AYMOND